AF456179

LES MEILLEURES ŒUVRES DES AUTEURS RATIONALISTES DES XVIIIe & XIXe SIÈCLES. Publication mensuelle.
N° 15. Octobre 1928

Laurent TAILHADE

Discours Pour la Paix

Suivi d'une LETTRE AUX CONSCRITS

Prix : 1 fr. 50

AUX EDITIONS DE " L'IDÉE LIBRE "

Éditions de " L'IDÉE LIBRE "

UNE COLLECTION UNIQUE !

PREMIERE SERIE

N°s		PRIX
1	Haeckel (E.), *L'Homme ne vient pas de Dieu, mais du Singe*	1 »
2	*Hypnotisme et Suggestion* (30 aphorismes et 5 méthodes)	2 »
3	Most (J.), *La Peste religieuse*..................	0 25
4	Delay, *Les Requins de la Finance*..................	0 10
5	Briand (Aristide), *Discours sur la Grève générale*..	0 10
6	Forel (Dr), *L'Occultisme devant la Science*........	0 20
7	Elmassian (D.), *Dieu n'existe pas*..................	0 10
9	Chaughi, *Immoralité du mariage*..................	0.50
10	Lorulot, *Napoléon Ier faux monnayeur*............	0 15
11	Strix, *Religion* (illustrée)	0 50
12	Hanriot, *Le Livre d'Or de l'enseignement religieux.*	0 20
13	*Clemenceau révolutionnaire* (ses meilleures pages)..	0 05
14	Hureau (E.), *La faillite de la Politique*	1 »
15	Novicow, Richet, Flammarion, *L'Illusion patriotique*	0 10
16	Huber (L.), *Rothschild et la Question sociale*......	0 10
17	Vernet (Madeleine), *L'Amour libre*..................	0 50
18	Lorulot (A.), *Causeries sur la Civilisation*........	0 50
19	*Nos Seigneurs les Evêques désavoués par Jésus*......	0 10
20	Reclus (Elisée), *A mon frère le paysan*............	0 15
21	Lamotte (Emilie), *L'Education rationnelle de l'enfant*	1 »
23	Chaughi (René), *La femme esclave*..................	0 10
24	Pelletier (Dr M.), *In anima vili* ou *Un crime scientifique* (Théâtre)	0 30
25	Prouvost (L.), *L'Espionnage du Vatican en France*	0 30
26	Tolstoï (Léon), *Tu ne tueras point*..................	0 10
27	Richepin (Jean), *Les Oiseaux de passage* (Poésie)....	0 10
28	Mart-Cell, *Les coupables du grand crime*........	0 30
29	Etiévant (Georges), *Déclarations en Cour d'Assises*..	0 30
30	Hureau (Emile), *De la Télépathie*..................	0 50
31	Prouvost (Léon), *Jean Huss*	0 10
32	Fromentin (A.), *Cartouche et Mandrin*............	0 15
33	Strix, *A bas l'alcool !* (illustré)..................	0 20
34	Hureau, *A l'œuvre contre le Catholicisme !*......	0 15
35	Lorulot (A.), *Le Baron Millerand* (couverture illust.)	0 25
35 bis	Denis (Profess.), *Cours d'hypnotisme et d'éducation de la volonté* (61 pages, illustré)........	1 50
36	Prouvost, *Révolutionnaires et Quakers devant la Guerre*	0 15
37	*Les Catholiques veulent rétablir l'Inquisition*......	0 10
38	Gorham, *Dieu et la Guerre*..................	0 15
39	Lorulot, *La Haute Banque contre les Peuples*....	0 30
40	Satherwaite, *Un grand fléau : le Christianisme*..	0 10
41	*Le Procès du Chevalier de La Barre* (illustré)......	0 15
42	Lorulot (A.), *L'Invasion* (drame antiguerrier en trois actes)	0 60
43	*Code Bolchevik du Mariage*..................	0 10
43 bis,	**Hael (Lorulot), *Contre la guerre* (un acte),**	**1 fr.**
44	Lorulot (A.), *L'Humanité dégénère-t-elle?*	0 60
45	Pogany, *L'Inquisition en Hongrie* (illustrée)......	0 10
46	*Les Bolchevick* (Ce qu'ils veulent, ce qu'ils font)....	0 15
47	Prouvost (L.), *L'Internationale noire*............	0 15

48 ZOLA (Emile), *L'Hypocrisie religieuse* 0 15
49 SHRUBSOLE, *La Guerre dans la Nature* 0 15
50 POIREY-CLÉMENT (L.), *Les Rois de la Métallurgie ; I, Les De Wendel* 0 50
51 BONZON (Jacques), *L'Internationale Financière* (L'Europe) 0 75
52 LIND-AF-HAGEBY (Miss), *La fonction de la femme dans l'évolution sociale* 0 15
53 HAN RYNER, *Les diverses sortes d'individualisme* .. 1
54 LORULOT (André), *La Mort des Religions* 0 75
55 VIOLLET (Abbé) et LORULOT (André), *Morale sexuelle chrétienne ou morale sexuelle libertaire?* (Controverse) .... 1 »
56 BLATCHFORD, *Je combats le Christianisme parce qu'il n'est pas vrai* 0 10
57 LORULOT (André), *L'Oligarchie financière* (Comment elle s'impose) 0 75
58 LORULOT (André), *Notre ennemie : la Femme* ...... 1 »
59 LORULOT (André), *Le Crime de 1914* 1 25
60 LIMOUZIN, *Les corruptions du Christianisme* 0 50
60 *bis* DELVY (J.-L.), *L'éducation des petits enfants* 0 50
60 *ter* CAMPANELLA, *La Cité du Soleil* .... 1 »

Ajouter 0 fr. 05 par brochure pour recevoir franco.

A titre de propagande, le prix de la première série complète est de **14 francs** au lieu de 22 fr. 50. Franco, **15 fr. 75**. (Etranger, 19 francs.)

Adresser les fonds à l'Idée Libre, Conflans-Honorine (S.-et-O.) ou par chèque postal, à André LORULOT, Bureau de Paris, n° 181-17

NOTRE PROPAGANDE

« Parmi les militants antireligieux, André LORULOT tient, en France, une place de premier plan. La revue l'*Idée Libre*, très vivante, d'esprit large, aux collaborateurs variés, d'une allure scientifique très marquée, est la seule revue française qui mène systématiquement la lutte antireligieuse sur le terrain idéologique. *C'est la revue par excellence de la Libre Pensée*. Chaque numéro contient un ou plusiurs articles contre l'Eglise et parfois une revue des principaux faits de la « politique catholique ». Ajoutons que Lorulot s'est maintes fois mesuré en réunion publique avec les grands ténors cléricaux : l'abbé Desgranges, l'abbé Viollet, etc., et qu'il possède un art de la propagande par la brochure (il en a édité un nombre considérable) dont les partis politiques d'avant-garde (si inhabiles à contenter à bon marché la soif d'information de leurs sympathisants) feraient bien de s'inspirer... »

Joseph BOYER, *L'Ecole Emancipée*
(Organe de la Fédération du Syndicat de l'Enseignement)

S'abonner à la Revue *L'Idée Libre* : **15 fr.** (A. Lorulot, à Conflans-Honorine (Seine-et-Oise).

LES MEILLEURES ŒUVRES DES AUTEURS RATIONALISTES

DU XVIIIe ET DU XIXe SIÈCLES

Déjà parus :

1. — MARÉCHAL (Sylvain), *Poésies contre Dieu* (notice de M. Dommanget) .... 1 »
2. — INGERSOLL (R.-G.), *Qu'est-ce que la Religion* ...... 1 »
3. — BLANQUI (Auguste), *Ni Dieu, ni Maître!* (critique matérialiste) avec portrait et notice de M. Dommanget. 1 »
4. — HUGO (Victor), *Le Christ au Vatican ; La Sainte Boutique* (poèmes) .... 1 »
5. — TOLSTOÏ (Léon), *Pourquoi les hommes usent-ils de stupéfiants?* (notice par André Lorulot) 0 75
6. — TAILHADE (Laurent), *Contre les Dieux* (préface de Gérard de LACAZE-DUTHIERS........................ 1 »
7. — MARÉCHAL (Sylvain). *Dictionnaire des Athées* .... 1 »
8. — MONTCLAIR (P.) *L'Au Delà*: Enfer et Paradis 1 »
9. — TAILHADE (Laurent), *Les Diaconales ; Le Train des hystériques* (avec portrait) .... 1 »
10. — OSSIP-LOURIÉ. *La Gifle Sanglante*. (avec portrait) 1 50
11. — BROCHER (G.), *Absurdités et Atrocités de la Bible* 1 25
12. — COURIER (Paul-Louis), *Le Célibat des Prêtres et la Confession des femmes* (préface de Han Ryner) 1 50
13. — DIDEROT, *Entretiens d'un Philosophe avec la Maréchale de **** (préface de G. Brocher) .... 1 »
14. — PROUDHON (P.-J.), *Dieu, c'est le Mal!* (préface de Manuel Devaldès et portrait) 1 50

Ajouter 0,15 par brochure pour recevoir franco.

Pour paraître :
Han Ryner, *Les Laideurs de la Religion ;*

Nous acceptons des abonnements à une série de dix brochures à paraître, au prix de 10 francs. L'abonné recevra un exemplaire de chaque brochure, au fur et à mesure de la publication. (Pour l'étranger, 12 francs.)

Ceux qui approuvent notre tentative pourront ainsi organiser autour d'eux la vente ou la distribution de nos opuscules.

Pas de paroles et de belles phrases, des actes ! Au travail...

Nous comptons sur tous les militants, sur les Sociétés de Libre Pensée, sur les groupes d'études sociales, groupements socialistes, communistes, libertaires, sections de la Ligue des Droits de l'Homme, etc., sur tous ceux qui veulent le triomphe de la Lumière et de la Vérité.

Abonnez-vous à cette collection !

Aidez-nous et nous donnerons à cette série de belles et bonnes pages la diffusion qu'elle mérite.

Les personnes qui ne sont pas encore abonnées peuvent souscrire à la fois aux deux premières séries (n°s 1 à 20) au prix global de 20 francs (étranger 24 francs).

Imprimerie de l'Idée Libre, Conflans-Honorine (Seine-et-Oise)
L'imprimeur-gérant : Frédéric Lecomte

Discours

Pour la Paix

Suivi d'une **LETTRE AUX CONSCRITS**

LES MEILLEURES ŒUVRES DES AUTEURS RATIONALISTES
DES XVIIIe & XIXe SIÈCLES. — Publication mensuelle.
N° 15. Octobre 1928

Laurent TAILHADE

Discours
Pour la Paix

Suivi d'une LETTRE AUX CONSCRITS

AUX EDITIONS DE "L'IDÉE LIBRE"
CONFLANS-HONORINE (SEINE ET OISE)
1928

Les pages qu'on va lire ont été publiées pour la première fois, en 1909, à Paris, par M. A. Messein, éditeur. Epuisées depuis longtemps, elles sont devenues fort rares et nous sommes heureux de pouvoir les réimprimer dans notre Collection des Meilleures Œuvres Rationalistes.

Depuis le jour où ces lignes fulgurantes ont été tracées, la guerre horrible est venue décimer et avilir l'Europe. Les plus nobles espoirs ont été submergés par la boucherie misérable, imposée par une tyrannie sans nom. Les anathèmes portés par le merveilleux écrivain que fut Tailhade contre le militarisme et la guerre n'en ont que plus de valeur.

Pour la Paix

VII. *Fiat pax in virtute na: et abundantia in turribus tuis.*

VIII. *Propter fratres meos et proximos meos loquebar pacem de te.*

Psalm. 121.

Depuis le jour illustre où, vainqueur d'Antoine et rapportant à Rome, avec le trésor des Ptolémée, une gloire qui, désormais, n'aurait plus de compétiteurs ni de jaloux, Octave, à son retour d'Actium, ferma le temple de la Guerre et, mettant fin aux discordes civiles, annonça la « Paix Romaine » à l'Univers! depuis le jour où, souveraine du Monde, ayant détruit Carthage et maîtrisé la Gaule, la Ville de César, après un labeur plusieurs fois séculaire, entra dans sa magnificence et promulgua des lois, tous les peuples qui, tour à tour, sont entrés dans l'Histoire, ont eu l'ambition de fermer, comme Auguste, le Temple symbolique, de fonder pour toujours l'ère du travail et de la paix.

Les plus rudes soldats, les tragiques moissonneurs de cadavres, les guerriers pour qui la bataille est un jeu où s'accoise leur manie homicide, ont eux-mêmes, entre deux carnages, appelé ces jours bénis. Les princes politiques et les furieux capitaines en ont uniformément rêvé. Charles XII et Napoléon, Cromwell et Frédéric le Grand, au milieu des gestes sanguinaires, des hécatombes humaines, des sièges, des combats, des sacs et des exterminations, tendaient à l'apaisement universel, demandaient aux armes la réalisation d'un idéal pacifique, la réunion de tous les hommes dans le même bercail, sous la houlette d'un pasteur magnanime et triomphant. Cette ambition des rois, des princes, des chefs militaires, les peuples, aujourd'hui, l'ont reprise à leur compte. Justement parcimonieux de leur vie et de leur fortune, ils demandent, pour trancher leurs différends et juger les procès de nation à nation, un tribunal plus équitable, une justice plus humaine que le hasard des combats. Au patriotisme étroit, agressif et borné des époques lointaines succède le patriotisme intelligent, respectueux du droit universel, qui n'estime pas absolument nécessaire de tuer ou de mourir pour vider une querelle et revendiquer son bien. Le pacifisme a conquis les plus nobles intelligences, ému les cœurs d'un zèle fraternel. La Conférence de La Haye, où savants, hommes d'Etat, légistes et docteurs ont préparé le Code pacifique, la législation qui mettra fin aux victoires sanglantes, aux entreprises meurtrières, marque une étape glorieuse de l'Humanité.

Le siècle s'est mis en marche vers la terre promise, vers la Jérusalem que célébrait déjà le poète d'Israël quand, pour ses frères et ses proches, il implorait les grâces de la paix.

La Paix! C'est elle que, depuis une semaine, en face de la mer divine, couleur de perle et d'or, la mer qu'Henri Heine a chantée; c'est elle dans ces fêtes de l'art et de l'esprit qui font d'Ostende une capitale de l'Europe, c'est elle que les orateurs acclament et préconisent devant un auditoire où se mêle, comme dans un parterre de rois, tout ce que la terre a de plus charmant et de plus rare: le savoir et la grâce, la compréhension et la beauté (1).

La Paix! D'autres vous ont déduit les motifs politiques, les raisons économiques de l'arbitrage demandé. Cherchons à travers les poètes ce que les siècles ont mis d'élan et de confiance, l'appel immémorial des races et des tribus vers la Déesse protectrice.

---

(1) Cette conférence a été donnée le 7 août 1908, pendant la *Semaine de la Paix*, organisée au Kursaal d'Ostende, par les soins de M. Edmond Picard.

Dans les affres de la guerre, l'Humanité s'enfante à la paix. L'art témoigne de son irréductible espérance. Par tous pays, sans acception de climat, de religion ou de culture, les poètes ont dit ce mot, le premier que Beethoven fait ouïr dans le *Schlosschor* de la *Neuvième symphonie*, dans le final qui couronne son œuvre gigantesque: « Frères! » et l'on peut dire, sans crainte, que la poésie, alors qu'elle est digne de ce nom épiphane, la poésie elle-même n'est autre chose qu'une invocation magnanime, un *sursum corda* vers la fraternité.

Chez les primitifs, cependant, les combats tiennent un rang d'honneur. Achille et Siegfried, Roland et Perceval emplissent de leurs gestes guerriers les chants des rhapsodes et des troubadours. Cependant, avec la civilisation, l'idée heureuse de la paix s'infiltre dans la pensée humaine au moment où l'épopée et les arts lyriques pâlissent devant la philosophie. Athènes, après les *Perses* et les *Sept devant Thèbes*, applaudit les *Acharniens*, puis *Iréné*, où le réactionnaire et pieux Aristophane dénonce le péril militaire en des termes dont la violence ferait aujourd'hui fermer son théâtre et mènerait l'auteur à Fresnes-les-Rungis. *Lysistrata*, si impudique dans les mots, renferme une haute leçon de morale. C'est la révolte du foyer contre la caserne, les droits de l'amour attestés devant la science de la mort.

Aristophane est le plus grand poète de la Grèce, le plus grand peut-être du monde entier.

Quelle fraîcheur, quelle saine et forte joie anime ses tableaux rustiques! La Paix est revenue; elle enchante vignerons et laboureurs qu'elle comble de bienfaits.

Quoi qu'en ait dit Musset:

« Il avait peu de grâce et de goût nullement »,

l'esprit lyrique d'Aristophane — c'est Platon qui l'atteste — fut le sanctuaire des Grâces et le temple du Saint Clairvoyant, son regard dans le dialectique de Socrate et la chicane des Sophistes, discerna une menace de ruine, la fin prochaine de la cité, l'invasion permanente des dieux, des mœurs et des goûts de l'Orient qui réduisirent, quelques siècles plus tard, le monde occidental à la raison des esclaves. Mais la haute sagesse du penseur se couronne de pampres, s'enguirlande et rit dans les écumes du pressoir.

Salut ! Salut ! Comme je souhaite depuis longtemps rentrer dans mon champ et retourner avec ma pioche mon petit terrain ! Salut ! Salut ! Combien nous attendrit ta venue, ô Déesse bien-aimée. Je suis consumé du regret de ton absence et je veux ardemment retourner aux champs.

Nous goûtions, grâce à toi, depuis longtemps, mille douceurs gratuites et délicieuses, tu étais pour les agriculteurs un gâteau de froment et la santé. Aussi les vignes, les jeunes figuiers, tous les plans souriaient à ton approche.

Les lendemains d'Actium réalisèrent le conte d'Aristophane. Diccepolis, Trigée et les vieillards d'Acharne purent alors goûter les fruits de leur verger, conduire la pompe d'hymen, jouer avec les belles filles et, le front ceint de lierres et d'hyacinthes, boire en l'honneur des dieux une coupe de vin pur.

Mais la Paix, idéal suprême des groupes civilisés, la Paix, dernier terme et couronnement du contrat social, ne fut pas de longue durée. Entraînant les vainqueurs à de nouvelles entreprises, le régime, la constitution même de l'Empire, la mécanique du pouvoir imposa bientôt la guerre aux héritiers d'Auguste.

Pour combattre les Gètes, les Hyrcaniens ou les Arabes, pour demander aux Parthes les enseignes captives, pour maintenir en Orient la domination latine, déjà le consul, après neuf ans de concorde universelle, faisant crier sur ses gonds la porte redoutable, avait desserré les chaînes pesantes et poussé les verrous du temple que garde Janus aux deux fronts. Ceint de la toge gabienne, le magistrat suprême accomplit devant les yeux de Virgile ce rite formidable, déchaîna sur le monde les guerres, sources de larmes, et l'épouvante des combats.

Depuis ce jour d'horreur sacrée, les Césars ne se détournent plus de la voix homicide et les armes, de nouveau, ensanglantent l'Univers. Même les sages empereurs, les Trajan, les Marc Aurèle, ces légistes, ces philosophes couronnés qui montrèrent, au déclin du polythéisme, ce que les anciens avaient mis dans l'âme humaine de force et de beauté, ne purent contenir les fureurs de Mavors, ni refréner dans ses cavernes la Guerre aux yeux sanglants. Soumis à la nécessité de conquérir toujours pour assurer les conquêtes anciennes, bientôt de guerroyer pour défendre la civilisation gréco-latine contre l'envahissement barbare, chaque jour plus féroce et plus nombreux, les meilleurs succombent dans la bataille sous le manteau de l'*imperator* à la tête des légions. Et c'est Marc Aurèle expirant sa grande âme chez les Quades, aux bords des glaces du Danube, Julien, frappé dans un engagement contre les Parthes, d'une flèche mortelle, pour la dernière fois attestant les *dii consentes*, âmes sublimes du Capitole, conscience et flambeau de la civilisation qui va mourir.

La nuit se fait bientôt. Une aurore de ténèbres obscurcit l'horizon. C'est le brouillard, le froid, l'hiver, une obscurité sanglante peuplée de monstres et de fantômes. Des larves rampent sur le sol. Accroupie au bord du chemin, la Sottise rabâche et déraisonne. Çà et là, des ombres équivoques s'entre-déchirent dans le chaos. Le moyen-Age est proche, long carême de dix siècles où, sans volonté, sans ressort individuel, sans culture, l'homme ne trouve de forces que pour détruire et n'enfante que la stérilité. La joie a disparu, tout élan de ces peuples qui, d'une morose et lourde somnolence, ne s'éveillent que pour tuer. L'église n'y peut rien, même quand la Royauté naissante cherche à calmer les fureurs sauvages du monde féodal. Au début du XIe siècle, l'empereur d'Allemagne Henri II, le roi Robert le Pieux se rencontrent dans un vallon des Ardennes, comme cinq cents ans plus tard, Henri Plantagenet et François de Valois dans le camp de Boulogne, sous les tentes de drap d'or. Ils font, à Mouzon, le premier essai de conférence pacifiste. Pasteurs d'hommes, ils se préoccupent de leurs ouailles autrement que pour les tondre ou les saigner. Ils s'efforcent d'amplifier les Trèves de Dieu ; ils rêvent d'accorder à leurs sujets les bienfaits du travail et de la liberté. Ils jettent dans le désert médiéval cette première semence de justice fraternelle, ce bon grain qui, malgré l'aridité du sol, malgré la rigueur des saisons, lentement à travers les âges, plus robuste que les héros de l'homicide et quoi que puissent objecter les théoriciens du carnage, fructifie et se développe, ce grain de sénevé qu'ont arrosé tant de larmes et de sang mais qui germe, grandit, s'accroît, devient un arbre immense. un arbre qui sous ses rameaux protecteurs, ses ombrages tutélaires, demain, abritera l'humanité,

Mais au Moyen-Age, c'est dans les cloîtres qu'il faut chercher les Amants de la Paix, les esprits généreux qui préparent la réconciliation des hommes, l'avènement de la douceur.

Au XIIIe siècle, François d'Assise convie au banquet, non seulement les hommes, ses frères, mais la nature entière, les êtres que la métaphysique d'alors prétendait inanimés. Son cœur déborde, ruisselle de tendresse, il en épanche les effluves avant les terzines de Dante, avant le noir poème du Gibelin proscrit, le séraphique trouvère, le *padre Francesco*, fait entendre à la tragique Italie, aux républiques sanguinaires, aux princes meurtriers, un cri d'amour si violent, si tendre, qu'il vibre encore et chante dans nos cœurs.

Mais l'idylle ombrienne, le suave épisode, les disciples d'Assise marchant sur les traces du maître, comme jadis les pêcheurs de Galilée suivaient leur jeune dieu, épousant, au milieu des transports, des hymnes d'allégresse, une joyeuse Pauvreté, ce clair printemps de l'Italie au XIIIe siècle est bientôt fané.

Un âge de fer se prépare où le meurtre et le dol, un mélange inouï de traîtrise et de férocité, de perfidie et de violence, vont couvrir de deuil, de ruines et de honte, les peuples d'Occident. Le XIVe siècle est une des plus sombres minutes de l'histoire. Pestes, famines, deuils, embuscades, l'Eglise déchirée, impuissante, au milieu de tant de crimes et d'horreur, la seule force morale qui subsiste encore, diminuée par le schisme, par le scandale du Temple et surtout par les mœurs infâmes du clergé, par la simonie et l'usure, par l'avarice effrénée, hurlante de cette louve papale que Dante nous montre « chargée dans sa maigreur, de toutes les avidités, ayant déjà contraint les peuples à vivre misérables. »

C'est alors, dans ce temps odieux, taché de boue et de poison, de sanie et d'ordure, où le sang jaillit, ruisselle, tombe à flots, épanché par des mains scélérates, c'est alors que, parmi les guerres civiles, au bruit des armes, aux appels de haine poussés par les factions qui plantent leur étendard en face du palais, criant tour à tour *popolo* ou *liberta*, cependant que blancs et noirs, Guelfes et Gibelins, échangent leurs revendications, combattent à tour de rôle, tantôt avec le peuple, tantôt avec le patriciat, mais toujours féroces, acharnés, implacables, cependant que la peste noire fauche ce peu que les fureurs civiles avaient épargné d'hommes, de femmes et d'enfants, c'est alors que, dans la ville batailleuse des Salembiene et des Tolomeï, apparaît l'une des plus suaves, l'une des plus grandes figures que les pacifistes aient le devoir d'inscrire dans leur Panthéon.

Comme sa patronne, la martyre d'Alexandrie, au matin de son adolescence, Catherine de Sienne fut choisie entre toutes, devint l'épouse de Jésus. Dans une extase d'amour, parmi les lys de flamme et les astres épanouis, le divin fiancé met au doigt de la vierge défaillante, une bague, un anneau, gage mystérieux, non d'un métal obscur tel que l'or ou l'argent, mais de lumière céleste qui, pour elle seule et dans la nuit, resplendissait. Les stigmates imprimés ne furent pas, comme ceux de Francesco, les trous sanglants et douloureux, les empreintes du Calvaire, mais bien des taches de clarté, les rayons d'un feu immatériel pénétrant la chair comme un rais de soleil pénètre le cristal, sans le briser ni le brûler. Ainsi, vivant sur le cœur même du Dieu qu'elle adorait, et comme transverbérée d'une flamme inextinguible, Catherine habita, dès ce monde, les hauteurs du Paradis. Sa parole enfantait des miracles, chassait les démons, apaisait les discordes, pacifiait les ennemis, apportait la douceur aux partis furieux.

Cette visionnaire qui percevait l'odeur même de l'Amant céleste, discourait avec lui, marchait à ses côtés, le recevait dans sa chambre, vivait dans une hallucination paradisiaque, cette visionnaire apportait dans les affaires du siècle, dans les négociations diplomatiques, dans les ambassades, une clairvoyance, une perspicacité, un sang-froid dignes des plus grands politiques, de César Borgia ou de Machiavel. Mais son domaine étant hors du monde, c'est vers l'apaisement que tendaient ses efforts. Ses lettres d'affaires surprennent par le naturel, par la simplicité. On les dirait écrites de nos jours. Si les hagiographes racontent qu'un ange lui dévoila, dans sa première ambassade à Rocca d'Orcia, chez Odoardo Salembiene, les secrets du parchemin et l'art de conduire une plume, les documents qui viennent d'elle offrent à l'historien des gestes et des mœurs une longue suite de précieux tableaux. L'image seule de la bienheureuse en est absente. Nous ne savons rien de son aspect, ni de son extérieur, comme si la personne physique avait disparu, s'était fondue, en quelque sorte, aux creusets de l'amour divin.

Ni Paolo Cagliari, ni Titien, ni Rubens, ni Van Dyck, peintres souverains, ni Martin de Voos, ni Mignard, ni Sébastien Bourdon, ni moins encore le faible Vanini ou le pompeux Brizzio, n'ont gardé quoi que ce soit de l'âme enchanteresse. Pour les uns, c'est une patricienne couronnée de perles, vêtue de brocarts ou de lampas qui, dans un cortège de Sénateurs et de Magnifiques, s'avance à la rencontre du *Bambino*. Portés sur un char de nuages entre les piliers corinthiens que drapent des courtines de pourpre, des anges en arroi de fête, sur le théorbe et l'archiluth, célèbrent le *spozalizio*. Pour les autres, la sainte, mourant d'amour, accueille le Bien-aimé, avec l'une de ces attitudes emphathiques, avec ces gestes de ballet, chers au XVIIe siècle dans la peinture dévote et les images de sainteté.

Mais plus fortement qu'un authentique portrait ou même qu'un traité sur le pacifisme, le rôle joué par Catherine, dans cette époque féroce et déloyale, nous la fait ressemblante, nous montre, sous un visage de lumière son noble esprit et son grand cœur.

Elle nous apparaît comme Béatrice à la porte du Paradis « sous un voile blanc, ceinte d'olivier, cou- « verte d'un manteau pers et d'une couleur de « flamme, tandis que le voile qui descend de sa tête « ne la laisse pas apercevoir avec netteté ».

Entre sa hantise divine et les réalités quotidiennes, la cloison demeure étanche absolument. Elle négocie, elle organise, elle redresse avec une précision incomparable. Elle ramène Urbain, elle transfère d'Avignon le Saint-Siège à Rome; elle déchire le pacte de Bertrand de Goth, qui asservissait le pape au roi de France. Elle se charge, par deux fois, d'une ambassade à Florence; elle réconcilie avec l'Eglise la Seigneurie; elle donne, dans la peste de 1353, les plus hauts exemples de courage civique et de dévouement.

Qu'importent les querelles, qu'importent les meurtres, les vengeances, les représailles, le souvenir de Manfred, arraché de sa tombe et jeté aux corbeaux par la haine de Clément IV, les coups de poignard, les violences et les guet-apens? Il suffit d'un juste pour affirmer l'immanence du Droit. Il suffit de Catherine de Sienne, au déclin du Moyen-Age, pour attester que la conscience humaine vit encore, que la justice et la pitié ne sont pas mortes pour toujours. Et l'hérétique Savonarole, debout sur son bûcher, bientôt donne à la sainte une réplique glorieuse de ses charmes et de ses vertus.

Le temps marche. Les ans s'écoulent. Voici la minute climatérique où le monde chrétien cesse de courir les aventures, où la prose entre dans l'habitude et le commerce de la vie, où le chevalier de Rutebœuf « se décroise » pour prendre part au négoce, labourer son champ et faire valoir ses capitaux.

La « folle cathédrale » a cessé de contenir toute l'âme du peuple. Comme les emmurés sortent de leur tombeau, l'esprit humain s'évade joyeusement de l'*in-pace* théocratique où, depuis si longtemps, le confinaient ses prêtres et ses rois. Il ne regarde plus au ciel. Vers la terre, il abaisse un long regard, regard de convoitise et d'amour. Il s'oriente vers le temporel, vers l'action et vers la joie. Il proclame la foi nouvelle, foi dans l'énergie et le travail, foi dans la Science qui balbutie encore et tâtonne, hante l'observatoire de l'astrologue et le laboratoire de l'alchimiste, foi dans l'avenir, dans l'âge qui commence, foi, pour tout résumer, en une seule parole, foi de l'homme dans l'Humanité.

La Renaissance est un long voyage de découverte. Si les navigateurs, si le génie humain, d'accord avec le hasard, lui dévoilent, au couchant, des mondes inconnus, d'autres explorateurs, non moins hardis, sans quitter leur maison, fondent la science, retrouvent la nature, et, secouant les dogmes, les préjugés, la torpeur d'une époque moribonde, s'embarquent joyeusement sur la mer des ténèbres, et cinglent d'un grand cœur vers les ports de l'avenir.

Le XVIe siècle, déchiré par tant de guerres, de factions, de haines, de révoltes, le XVIe siècle, fécond et meurtrier comme la nature elle-même, s'avance le pied dans le sang et le front vers les étoiles. Depuis le jour d'avril 1521 où, sous la protection de la main impériale, Martin Luther poussa contre Rome ce cri d'indignation qui devait changer la face du monde, les hommes d'armes, les peuples et les rois se déchirent comme des lions, disputent à coups d'épée, à grand renfort d'arquebusades, le royaume de Dieu, le domaine pacifique de l'Esprit. Pour la tente du soldat, la controverse a déserté la chaire des docteurs; elle s'est faite meurtrière; elle ne connaît pas d'argument plus fort que la haquebute ou le poignard. La guerre civile hurle et frappe, elle se complique de parricide, elle renchérit sur l'horreur. Elle désunit les citoyens. Elle allume le bûcher d'Anne Dubourg, prépare les torches de la Saint-Barthélemy. Et L'Hopital, balancé entre la reine-mère et les furieux qui le gardent, évoque dans sa mémoire d'humaniste, les horreurs du fraticide antique:

Excidat illa dies aevo, neu postera credant
Sæcula.....

C'est alors que, riant de ce rire qui est le charme de la force et l'ornement de la raison, le plus sage des hommes et le meilleur des pédagogues, invita les furieux à résipiscence et, montrant le visage de la Guerre dans une caricature immortelle, en stigmatisa pour jamais la folie et la hideur, c'est le chant de l'alouette gauloise sur le charnier des vautours, souffletant de joie et de lumière les pesants, les immondes carnassiers.

Les bergers de Grandgosier ont dérobé leur fournée aux boulangers de Pichrochole « frappant sur ces fouaciers comme sur seigles vers, puis faisant chère lye « avec ces fouaces et beaux raisins ». Or, voici que, flamberge aux vents, musique en tête, bannière déployée et luisant au soleil, l'ost du prince à la bile grièche se rue incontinent sur les terres de l'ennemi, tuant, massacrant, dévastant, prodiguant le deuil et les désastres sans assouvir « la colère pungitive » du guerrier. Le bon Grandgosier fait rendre à l'ennemi les fouaces litigieuses, et le combat finit par l'intervention de frère Jean, de Gargantua, cependant que Pichrochole va porter en Mésopotamie son humeur belliqueuse. L'on sent que Rabelais ne juge pas cette guerre plus absurde ni plus malfaisante que les prises d'armes de son temps. Il a vu les campagnes mémorables; il n'a oublié ni les triomphes ni les défaites; il se rappelle Marignan et Pavie; il connaît la légende héroïque des peuples et des rois. Mais qu'importe? Réduisez l'épopée à la mesure d'une querelle de clocher. Armez les pasteurs d'ouailles contre les garçons de fournil et vous aurez une représentation exacte des intérêts, des vertus, des vices et des appétits que la guerre met en jeu. Que ce soient deux hameaux ou deux royaumes, quelques rustres ou la fleur des chevaliers, quand l'armure s'écroule, quand le cimier se détache et que le vain orgueil de la parade militaire tombe comme un déguisement superflu, que reste-t-il en présence, à l'heure où finit le combat? Deux hommes qui, tous deux, ont cherché à donner la mort et dont le plus robuste ou le plus heureux a trempé les mains dans le sang de son frère, pour contenter une misérable envie, un désir aussi puéril qu'il est odieux.

« On ne fait la guerre que pour voler, disait Voltaire », et c'est pourquoi Rabelais met sur le même plan, dénigre avec un mépris égal, empereur et berger, mitrons et conquérants, Pichrochole et Charles-Quint, le capitaine Merdaille et François Ier.

Au XVIIe siècle, dans la belle ordonnance de Versailles, nulle voix ne proteste contre la Guerre, ne marchande aux héros les palmes et les lauriers. Le commandement des armées n'est-il pas, en effet, un geste monarchique, ou pour mieux dire, la fonction primordiale, essentielle au roi? Louis XIV a des généraux pour faire ses victoires, des poètes pour les célébrer:

> Grand roi, cesse de vaincre ou je cesse d'écrire.

des peintres pour en fixer le détail sur des toiles infinies. Van der Meulen tient au bout de ses pinceaux le journal des campagnes de Flandre, tandis que Lebrun représent hardiment le vainqueur de Namur, sous le harnais d'Alexandre, parmi les encensements de Babylone ou, d'un geste magnanime, pardonnant à la veuve de Darius. Un sculpteur va plus loin dans la flatterie. Il déshabille en Hercule, devant la porte Saint-Martin, le fils d'Anne d'Autriche, lui met au poing la massue et la peau de lion à l'épaule, si bien que Paris admire encore à présent le Roi Soleil plastronnant sur les boulevards sans le moindre linge, mais coiffé d'une perruque à trois marteaux.

La Fontaine, seul, parmi tant d'hyperboles et d'encens, ne manifeste pas un enthousiasme outré pour la chose guerrière:

> Fureur d'accumuler, monstre de qui les yeux
> Regardent comme un point tous les bienfaits des dieux.

Il trouve, pour stigmatiser l'avarice et partant l'esprit de conquête, forme héroïque et suprême de l'avarice, des traits que ne désavoueraient pas nos antimilitaristes les plus outrecuidés.

La Bruyère note avec âpreté la démence qui met aux prises les peuples et les rois:

> La guerre, dit-il, a pour elle l'antiquité ; elle a été dans tous les siècles ; on l'a toujours vue remplir le monde de veuves et d'orphelins, épuiser les familles d'héritiers et faire périr les frères à une même bataille. De tout temps les hommes, pour quelques morceaux de terre de plus ou de moins, sont convenus entre eux de se dépouiller, se brûler, se tuer, s'égorger les uns les autres, et, pour le faire plus ingénieusement, avec plus de sûreté, ils ont inventé de belles règles, qu'on appelle art militaire ; ils ont attaché à la pratique de ces règles la gloire ou la plus solide réputation et ils ont, depuis, enchéri de siècle en siècle sur la manière de se détruire réciproquement.

Voilà bien le contast du moraliste. La Bruyère prend son parti de l'iniquité humaine. Ce n'est pas un réformateur, un tribun encore moins. Le spectacle du cannibalisme l'intéresse ou l'amuse; il en étudie avec curiosité les aspects et les résultats, sans prendre parti ni s'attendrir le moins du monde sur les pauvres fous que leur manie entraîne vers une mort atroce et prématurée.

A chaque instant, Virgile revient sur la tristesse que les armes traînent à leur suite. Il déplore les ruines et le travail perdu, et la faux incurvée qui se transforme en glaive rigide. Il déplore les combats détestés par les mères. Ici, rien de pareil. La Bruyère s'intéresse à l'évolution de la vésanie guerrière; il en fait la clinique avec l'impassibilité du chirurgien que Rembrandt a peint dans la *Leçon d'anatomie*.

Swift n'a pas tant de calme. Sous la glaciale ironie, on devine chez l'auteur de *Gulliver*, une âme compatisante, un cœur généreux que révoltent la sottise, l'hypocrisie et la méchanceté. C'est un esprit biblique, une sorte de puritain mal affranchi qui stigmatise et flagelle avec un zèle de prophète les crimes, les erreurs, les fautes de l'Adam déchu. Orgueil effréné, noir égoïsme, haine acharnée, ironie méchante, le sombre moraliste juge la nature humaine à travers son humeur qui n'a rien de sympathique ou d'indulgent. Caricaturiste sans pair, il campe comme Hoggarth, son contemporain, des figures chimériques et véritables, d'une laideur profonde et repoussante, n'appartenant plus, dirait-on, à l'espèce humaine que par le vice et la difformité. Swift lui-même, avec son nez d'oiseau de proie, ses lèvres mordantes et pincées, peut dire comme Richard III, dans Shakespeare: « J'ai, dès le ventre de ma mère, été brouillé avec l'amour » (P. de Saint-Victor). Jamais la nature humaine, la volupté, l'héroïsme, la grâce et la jeunesse n'ont été plus cruellement bafouées que dans ce terrible *Gulliver*. Le doyen de Saint-Patrick ravale au-dessous de la bête l'homme civilisé. Il dégrade ses passions, rabat ses enthousiasmes, déshonore sa beauté. A Lilliput, deux factions divisent le royaume et le maintiennent en état de guerre depuis les temps immémoriaux. L'une affirme qu'il convient d'entamer les œufs à la coque par le gros bout, l'autre par le petit. Gros-boutiens et petits-boutiens combattent, s'égorgent, s'entredévorent sans pitié. Grands à peine comme la main, ces insectes n'ignorent aucun raffinement de la méchanceté guerrière: sièges, camisades, embûches, trahisons, attaques nocturnes et batailles rangées, ils mettent à se détruire la même fureur et la même conscience que les peuples normaux. Leur petitesse n'amoindrit pas leur inhumanité. Caricature, soit, mais combien véridique!

> L'infiniment petit monstrueux et féroce
> Et dans la goutte d'eau les guerres du volvoce
> Contre le vibrion

ne sont ni moins stupides, ni moins cruels, ni moins abjects que l'homme rêvant d'accroître la misère humaine pour conquérir un lambeau de pouvoir, une parcelle infime de territoire en un coin de l'univers, pareil, disait Sénèque, à la fourmi qui disputerait un tas de boue.

A l'évocation misanthropique de Lilliput, à la boutade amère du *dean* Swift, les temps modernes ont répliqué par un appel enthousiaste à la fraternité des peuples, à l'union de toutes les races dans un durable et magnanime concert. Les poètes et les économistes, unis pour exécrer la guerre, ont appelé d'un même vœu le temps béni de la réconciliation et de la paix. Les orateurs qui m'ont précédé, hommes d'Etat, penseurs et philosophes, vous ont déduit les raisons qu'a le monde occidental de mettre bas les armes, les moyens, politiques et sociaux, qu'il convient d'employer pour atteindre ce but. L'appétit du bonheur, la soif de la justice ont envahi l'âme humaine, malgré les sophistes, malgré les théoriciens de la destruction et ce paradoxe abominable qui prétend que la guerre est une école d'énergie ou de moralité. En dépit de ces doctrinaires qui, suivant la trace de Joseph de Maistre, exaltent les égorgeurs et font des grâces au bourreau, le sentiment du droit, la divine pitié sont entrés dans nos âmes et nul, désormais, ne les en bannira.

En 1848, les poètes ont formulé ce noble désir de réconciliation, promulgué ce jour « des grands destins » où « le glaive brisera le glaive », où du « combat naîtra l'amour ».

Lamartine chante l'*Eglogue à Pollion* du XIVe siècle dans la *Marseillaise de la Paix:*

Ce ne sont pas des mers, des cités, des frontières
Qui bornent l'héritage entre l'humanité.
Les bornes des esprits sont les seules barrières.
Le monde, en s'éclairant, s'élève à l'unité.
Ma patrie est partout où rayonne la France,
Où son génie éclate aux regards éblouis.
Chacun est du climat de son intelligence,
Je suis concitoyen de toute âme qui pense :
La Vérité, c'est mon pays.

Tolstoï, chrétien comme Swift, mais d'un christianisme plus charitable, demande à la superstition ancestrale de corroborer l'esprit nouveau: il fonde sur le retour de l'Homme aux croyances évangéliques une société digne de son grand cœur. Comme Swift, Léon Tolstoï se flatte de racheter l'Humanité par la défaite de l'amour qu'il bannit de sa république, sans même le couronner de fleurs. Gardons-nous d'un sourire trop facile. Mais, relisant le pamphlet de Swift, rappelons-nous ce passage où, donnant pour modèle aux sujets de la reine Anne une fabuleuse espèce de chevaux, il atteste que:

L'amour, la galanterie n'ont aucune place dans leur pensée et que les jeunes couples sont unis simplement parce que leurs parents et leurs amis ont décidé qu'il en serait ainsi et que la matrone Houyhnhm, quand elle a produit un petit de chaque sexe, cesse de vivre conjugalement avec son mari.

Tolstoï semble hanté du même idéal. Procréer le moins d'enfants possible avec le moins de satisfaction lui paraît un moyen efficace, une méthode prégnante pour conquérir le paradis perdu.

« Brisez les images, voilez les vierges, priez, jeûnez, mortifiez-vous! Pas de philosophie ! Pas de livres! Après Jésus la science est inutile », vocifère Tertullien parmi les hérésiarques, dans la *Tentation de saint Antoine.*

Et Léon Tolstoï n'est pas éloigné de penser comme lui.

Cependant, la Nature maternelle offre aux enfants de la Terre la joie et l'orgueil de sentir battre un cœur dans leur poitrine, de contempler le jour, de transmettre les lampes de la vie et de goûter, ne fût-ce qu'une heure, aux coupes éternelles du printemps sacré. A mesure qu'elles se dégagent du passé, les familles humaines marchent vers la concorde, l'amour et le pardon. Ce n'est pas à l'abstinence religieuse, à l'effort stérile qu'elles demandent l'harmonie et la raison des jours futurs. Car il n'appartient qu'à la Science, à la Science qui ranime et console, de ratifier ce long espoir dont nous sommes enivrés.

Les adeptes de l'Hermétisme symbolisaient volontiers, par une figure énigmatique, la Science proscrite alors, et que nous invoquons aujourd'hui à la face du ciel comme la meilleure et la plus secourable, comme la fée auxiliatrice qui dissipe les ombres du monde moral et du monde physique, nous mène par la main vers la terre promise de l'amour, de la justice et de la beauté.

Portant avec les cornes du faune, le manteau vert de l'*erdgeist*, le Diable des anciens tarots a dans ses mains la lampe du savoir et le flambeau de la raison. Sur son bras gauche est écrit le mot: *solve;* le mot *coagula* sur son bras droit.

Dissous et coagule, abats et reconstruis, jette au vent l'édifice de l'erreur ancienne pour bâtir sur ses ruines la maison de vérité. Tel est, messieurs, le sens caché de cette parole mystérieuse. La Science, après avoir brisé, émietté, réduit à néant les songes vénérables du passé, en précipite les débris dans son creuset — comme le vieil Eson dans la chaudière filiale — pour que, rajeuni et vivifié, l'antique idéal se transforme et s'adapte aux besoins des temples nouveaux. C'est elle qui, pour la troisième fois, clora les portes de Janus, proclamant les grands jours préconisés par le noble Virgile.

Pollio et incipient magni procedere menses.

Car elle nous apprend à respecter l'existence humaine chez le plus infime, chez le plus obscur, chez le moindre, puisque le seul miracle interdit à son effort est de créer la vie. Elle efface les préjugés, emporte les rancunes, assemble, au nom de l'espérance et du travail communs, les peuples désunis.

Elle prête à l'homme des ailes. Dédaignant les frontières, elle ouvre à son courage les domaines aériens. Elle triomphe de la nuit, renverse les idoles néfastes, les pensers ténébreux, le songe des ténèbres inquiètes. Elle se tourne vers l'aurore, et, dans un geste fraternel, sur les ruines du vieux monde, instaure en pleine gloire la synthèse de l'humanité.

7 août 1908, *Kursal d'Ostende.*

LETTRE AUX CONSCRITS

S'il existait encore un sauvage, comme le Huron de Voltaire, indemne de nos erreurs et de nos préjugés, un homme simplement homme devant la Nature, homme ne connaissant du vieux monde ni les alcools frelatés, ni le général Marchand, ni la contagion syphilitique, ni les missionnaires, ni les gazettes, un homme enfin que n'aveugle aucune des tares léguées par deux mille ans de christianisme, il serait à peu près impossible de représenter à cet ingénu en quoi consiste la mécanique et le recrutement des armées permanentes.

A mesure que s'efface l'idée ancestrale de patrie, et les dogmes qui séparaient les nations, et les frontières naturelles qui circonscrivaient l'héritage des peuples, il semble que la tyrannie absurde et malfaisante de la chose militaire devienne plus oppressive et plus cruelle. Au temps où nous vivons, la force du militarisme résulte de l'organisation débilitante qui métamorphose le soldat et l'officier en ronds-de-cuir sustentés par le contribuable au même titre que les rats-de-cave ou les gabelous, organisation dont l'importance grandit à mesure que décroissent les instincts belliqueux. Le monde moderne harnache d'autant plus de militaires qu'il enfante moins de guerriers. Jadis, quand le courage personnel faisait partie des vertus requises pour tuer les hommes en bataille rangée; quand il fallait apporter dans le carnage cette forme de bravoure qui jette aveuglément la brute sur son ennemi et que l'homme partage avec les plus immondes carnassiers; quand la guerre n'était pas une destruction méthodique ordonnée par des ingénieurs et des chimistes, un fléau d'ordre expérimental que déchaînent les laboratoires; quand, pour donner la mort, il fallait s'offrir aux coups de l'adversaire et le combattre face à face, la soldatesque n'était pas ce que plus tard elle devint: une source de ruines, un chancre dévorateur, un ulcère qui détruit les forces économiques des pays civilisés.

Car la civilisation — ou, du moins, ce qu'appellent d'un tel nom les privilégiés heureux d'un état de choses qui leur permet de croître dans la fainéantise, l'ignorance et la vanité — car la civilisation européenne se manifeste d'abord par le zèle qui anime chaque puissance, république ou monarchie, à mettre sur pied un nombre de soldats toujours plus formidable et, dans l'attente d'un péril imaginaire, d'un conflit dont nul ne veut, — à se ruiner chaque jour, à perdre ses enfants et ses trésors, ses plus beaux mâles et ses plus beaux deniers, son sang et sa fortune dans le cloaque militaire, dans le goût de l'obéissance passive, dans le gouffre sans fond des armements.

La dépense monstrueuse occasionnée par l'achat et l'entretien des outils de guerre, dépouille tous les ans ceux qui labourent et produisent. Les canons et les fusils, les torpilleurs et les cuirassés, la poudre et la dynamite, la fumée et le massacre emportent des milliards, des sommes plus que suffisantes à nourrir tout ce que l'Europe compte de faméliques et de va-nu-pieds. Les aciers les plus purs, les chefs-d'œuvre de la métallurgie et de la balistique sont dévolus aux engins de destruction. Le meurtre coûte cher. Les budgets de la marine et de la guerre vident impitoyablement l'escarcelle du pauvre afin que des amiraux, des maréchaux, des colonels, des ministres, empanachés et ridicules, fassent tonner les salves et, sous les drapeaux ondoyants, promènent leurs costumes de foire, leurs uniformes de bureaucrates homicides, leur chienlit de croquemitaines édentés.

Mais le luxe des arsenaux, le prix des armes à longue portée, les accessoires de l'égorgement patriotique, de la férocité administrative et paperassière ne permettent guère de payer autrement que par un surcroît de maux les esclaves astreints aux labeurs du régiment.

Aussi, pour alimenter d'hommes ses casernes, pour donner des valets aux officiers, des tueurs à la société bourgeoise, Napoléon, organisateur du despotisme en France, imagina le service obligatoire, les armées permanentes ignorées jusqu'à lui.

Remplaçant les mercenaires par des captifs obligés, quand même, à une besogne improductive, par un bétail humain soumis à tous les affronts, aux ordres stupides, aux injures, à la bêtise des chaouchs et des sous-offs, la « Patrie » enrôle dans ses ergastules une troupe frémissante ou résignée de jeunes hommes qui ne peuvent refuser la casaque militaire.

Les patrons, malgré leur avarice, malgré leur haine cynique ou papelarde, consentent néanmoins à payer peu ou prou. Mais l'Etat s'arroge le droit de spolier, chaque année, la génération montante. Il dérobe les fruits de son labeur. Jetant l'ouvrier dans la bourdonnante oisiveté de la caserne, il détourne l'être jeune et robuste du métier qu'il connaît, des activités que lui confère un long apprentissage, ne lui demandant autre chose, en retour, que d'obéir sans raison, d'obéir sans honneur, d'obéir comme une brute, comme un rouage silencieux dans un appareil de mort.

Cette conscription des adolescents que devraient accompagner les pleurs des mères, les cris de haine et de fureur poussés par les conscrits, cet acte de tyrannie hypocrite et féroce donne lieu à des réjouissances, à des hurlements de fête dans les lieux publics.

Marqués au front comme les bêtes d'un troupeau, les partants beuglent dans la rue et font voir le numéro qui les sort de la communion des hommes pour les transmuer en chourineurs.

Hoquets d'ivrognes, mots confus, chansons ordurières, ils traînent dans les débits d'alcool une allégresse de commande et l'ennui qui les ronge au fond du cœur!

Les dispensés, les vieilles bêtes, les ogresses du trottoir et les femmes du monde sur le retour contemplent d'un œil béat ce spectacle nauséabond. Le départ de la classe fait baver d'aise les catins et les bistros. Nul ne s'indigne! Nul ne se révolte. L'offrande à Moloch du printemps sacré, de vos vingt ans, ô jeune homme! laisse indifférentes et soumises, crédules, peut-être, à la hideuse fiction du patriotisme, celles même dont les entrailles vous ont portés.

A Montmartre, cependant, au mois de février 1897, les familles intelligentes arborèrent des emblèmes de deuil, le matin du tirage au sort. Les pères de famille n'acquiesçaient point à l'appel de la classe, à l'enrôlement de leurs fils dans le bagne des esclaves et des tueurs.

Ce deuil ressenti par les êtres qui pensent, mais que, dociles aux préjugés, la plupart des hommes se gardent bien d'exprimer; ce deuil, nous entendons, ce soir, le proclamer devant vous, conscrits qui partirez demain, en vous disant — à cette heure des adieux, — telles paroles de réconfort et de sauvegarde que vous emporterez comme un testament de vos aînés dans les ténèbres de l'exil.

∴

Vous avez passé naguère sous la toise. Vous avez, au conseil de révision, fait voir à des médecins militaires dont un banquier juif ne voudrait pas pour soigner ses chevaux, les secrets intimes et les imperfections de votre corps. Nus comme pour un marché d'ouailles, bousculés, maniés, retournés, mensurés, grelottant sous l'œil du gendarme, vous fûtes les animaux que la patrie achète sans payer.

Déclarés propres au service, bons pour la corvée et les instructions du talapoin, la vidange des latrines et les insultes de vos chefs, la tête rasée à la manière des bandits, écœurés par la nuit fétide, la première nuit de la chambrée, il vous faudra bientôt commencer l'instruction militaire, apprendre les recettes nouvelles pour expédier la mort à distance, pour faire des cadavres et de la pourriture avec des jeunes hommes, fils du peuple comme vous, pour anéantir des malheureux que vous ne connaissez point et contre lesquels vous ne sauriez avoir aucun grief.

Conscrits ! Les défenseurs de la bourgeoisie approuvent grandement cette culture. Selon ces docteurs, le paysan ne récolterait pas son blé, le maçon ne gâcherait pas son plâtre, si quelque milliers d'oisifs ne protégeaient ainsi les travaux par l'étude opiniâtre de l'assassinat.

Les peuples — il en est encore — soumis aux gouvernementsthéocratiques, font intervenir le surnaturel pour, d'un lien mystique, river la chaîne du soldat. De tout temps, d'ailleurs, prêtre et soudard firent bon ménage ensemble. Le Dieu des juifs, le dieu des chrétiens, le dieu de toutes les races qui ont le malheur de croire en Dieu, se nomme Sabaoth, Seigneur des armées. C'est lui qui propage les hécatombes, fait gicler le sang et tomber les têtes, pareilles à des épis mûrs. Simon de Montfort l'invoquait pour abolir l'Occitanie, et Louis XIV lui disait des prières en dévastant l'Europe. C'était le maître de Charles XII et d'Attila.

De nos jours, en plein soleil, malgré la science de quelques-uns et les lumières de presque tous, notre pieux allié Nicolas II, tsar allemand de la sainte Russie, impose à ses troupes le serment de défendre l'Empereur, le Saint-Synode et les institutions autocratiques. Si c'est un esprit ignorant ou faible, la sanction de l'Au-delà corrobore les pénalités que lui prodigueront ses chefs.

Toi, conscrit de France, l'on t'épargnera ces mômeries et tu n'auras pas le dégoût des incantations devant l'image du Crucifié. Ton aumônier lui-même, est beaucoup trop astucieux pour te couvrir d'un ridicule si outré. Non. La loi qu'on te proposera ne renferme pas le moindre élément mystique et les intrigues du chapelain commenceront un peu plus tard. On ne te fera pas jurer sur l'Evangile. On te demandera simplement de renier ta dignité virile, ta conscience, ta volonté, sans même colorer d'un prétexte cette ignominie et sans alléguer pour te corrompre les dogmes d'autrefois. On te lira un code qui n'a d'autre sanction que la mort, un code qui t'oblige à recevoir sans indignation ni révolte les outrages, les coups même et les crachats de tes supérieurs, si tu ne veux pas que l'on mène tes vingt ans au poteau d'exécution.

Or, cette loi draconienne qui te livre sans défenseur à un tribunal « dont la justice, disait Pellieux, n'est pas la justice ordinaire », cette loi contre laquelle on ne saurait se défendre avec trop de soin, par qui te fait-elle condamner ? Quel est, d'après elle, ton accusateur et ton avocat ? C'est ton sergent, ton capitaine, ceux-là mêmes à qui elle impose, du matin au soir, l'obligation d'être tes bourreaux !

C'est à toi que je parle, à toi, conscrit, mon enfant par l'âge et, par la tâche quotidienne, mon frère ! c'est à toi que n'a pas encore atteint la souillure des armes, à toi qui peux vivre et penser encore loin du bagne maudit où les puissances conjurées de l'ordre social travailleront demain à t'arracher le cœur !

Puisque l'heure va sonner pour toi de payer à la Société bourgeoise l'impôt du sang, qu'elle ne t'épargne pas plus que les autres impôts, l'heure où toi, fils d'ouvrier, ouvrier toi-même, prolétaire d'hier et prolétaire de demain, tu vas endosser la livrée du soldat, en échange de ton vêtement d'homme libre et de citoyen ; puisque tu vas quitter l'atelier, l'usine, le chantier, le théâtre de ton labeur quotidien, ce milieu où tu vivais encore avec un peu d'indépendance dans l'allégresse de ton printemps, malgré la haine et la rancune que faisait vivre en toi l'iniquité sociale ; puisque ta conscience t'appartient encore, fais comparaître devant elle ceux qui demain te parleront en maîtres et se feront tes geôliers. Naguère encore, tu étais la chair à travail, la bonne vache nourricière qui sustente du meilleur d'elle-même la troupe des privilégiés. Pour le patron, pour le riche, tu peinais comme un nègre, comme une bête, sans améliorer pour cela ton maigre ordinaire, sans alléger les travaux de tes parents ni reconnaître jamais les privations qu'ils ont souffertes pour toi.

Or, tes parents sont des lâches. Ils défèrent au mensonge de la Patrie et permettent sans horreur que tu t'en ailles « sous les drapeaux ». Si bien que tu n'es plus à présent la chair à travail de l'usine, mais la chair à tuerie de la caserne, l'organe impersonnel dans la mécanique détestable qui, sous le nom d'armée et sous prétexte de défense publique, annihile tout ce que les hommes de ton âge portent dans le cœur et dans l'esprit de bon, de généreux et de sensé.

Dans cet enfer de la caserne, dans cette école du crime, tu vas devenir une machine à donner la mort. Avec ton harnais de guerre, ton fusil, ta baïonnette, par le sabre et par le revolver, tu imposeras aux malheureux, tes frères, l'autorité malfaisante des riches et des ventrus. Toi, qui ne possèdes pas un lopin de terre, pas une pièce d'or, tu te feras le gardien de la propriété ; hélas ! tes vingt ans rendront paisible le sommeil des parvenus sexagénaires, à moins que ton sang n'aille, dans les pays équatoriaux, engraisser le territoire enlevé par violence aux peuples indigènes, pour l'accroissement des larrons, prêtres, soudards ou financiers. Tu veilleras sur la Banque de France, et les caves où s'engloutit, au profit de quelques-uns, l'or péniblement amassé par l'effort de tous. Tu veilleras en faction devant la porte des bals où tes officiers vendent aux enchères leurs grâces d'étalons, où ces hommes entretenus, débattent le tarif de leurs charmes à travers les musiques langoureuses et les tièdes parfums.

D'autres « devoirs » t'appelleront encore. Bientôt peut-être, comme à Châlons, comme à la Martinique, bon gré mal gré, tu te feras le meurtrier de tes frères et ton glaive rouge sera teint dans le sang de prolétaires comme toi.

∴

Camarade, il te faut, à présent, vouloir. Il te faut à cette heure décisive de ton existence, opter pour le bon ou le mauvais chemin. Entre un homme libre, conscient, aimant ses frères de douleur, et le butor sanguinaire, hébété par d'infamantes idoles, courbant la tête, asservi sous le joug des sycophantes, choisis résolument et pour toujours :

D'un côté, l'honneur, l'intelligence et la vertu ; de l'autre, la honte, la superstition et le crime !

D'un côté, le passé ; de l'autre, l'avenir.

A toi d'orienter ta route et de connaître ton devoir. Sache si tu veux être un homme doux et fraternel, au lieu du tueur qui sacrifie trois années de sa vie à étudier l'art de donner la mort.

Je ne te prêche pas la rébellion ouverte, comme le désirent sans doute les mouches de la préfecture et les magistrats du Palais. Si mes conseils te détournent de la désobéissance flagrante ; si j'obtempère de la sorte aux injonctions des *Lois scélérates*, ce n'est pas, je crois l'avoir montré, que je fasse grand état de leur vindicte et de leurs inhibitions. Mais j'estime qu'une révolte isolée, un cas d'exception, le témoignage solitaire d'un grand cœur ne sont d'aucune efficacité dans le combat que nous menons. L'irrégulier attire sur soi les foudres brutales ou sournoises d'un monde fou de lâcheté. Les pouvoirs sociaux se prêtant main forte contre quiconque leur paraît suspect d'attenter au régime établi.

Evite donc les tempêtes dans un verre d'eau, les séditions en miniature. Ne sois un réfractaire ni un déserteur. Tu n'es pas le plus fort : sois le plus intelligent. N'insulte point tes officiers ; ne prêche par l'antimilitarisme. Mais pense librement ! Mais entretiens comme une flamme précieuse ta croyance libertaire ! Qu'elle brille sur ta vie, ainsi qu'une étoile secourable ; qu'elle te conduise sans naufrage et sans retard vers le port de la libération !

Reste maître de toi-même. Ne consens jamais à des actes que, libre et seul juge de tes actions, tu regarderais comme infâmes ou scélérats.

Ne tue pas ! Et, si l'on te prescrit de tuer, refuse d'obéir, cette fois, comme les Quakers d'Angleterre et les Doukhobors de Russie. Ne tue pas ! C'est la loi, non chrétienne, mais universelle, précepte d'amour et de solidarité que nul ne peut abroger, mais que tous doivent accomplir.

La plupart de tes compagnons ont fait serment de ne pas tirer sur les mineurs, de ne pas ouïr le commandement fraticide. Oseront-ils davantage braquer leurs armes sur leurs frères d'Angleterre, d'Italie ou d'Allemagne, si la guerre les mettait en présence dans un jour de malheur ? Ces ennemis coupables seulement d'être nés sur le versant d'une colline, sur la berge d'un fleuve qui séparent leurs champs du tien, ces ennemis, dont le tort le plus clair est de se nommer Frantz quand tu t'appelles François, ils ont les mêmes intérêts, les mêmes affections qui te pressent. Ils ont, là-bas, des compagnes, leur mère et des amis dont les yeux se mouillèrent au départ. Ils aiment, eux aussi, la clarté du soleil et le parfum des bois. Ils portent dans leurs veines le sang pourpré de la jeunesse. Ils s'avancent, comme toi, pleins de vie, à la conquête du bonheur. Ne tue pas ! Refuse ta main aussi bien que ta pensée à l'homicide collectif. Ne sois pas un valet du massacre. Ne tache pas de sang la fleur de ton avril. Et, quel que puisse être le résultat de ce propos, abstiens-toi, mon fils, de créer de la douleur !

Les docteurs du Nationalisme ; les vieux messieurs de la *Patrie française*, à défaut de Joseph de Maistre, encore dans un moins beau langage, te diront que la guerre est nécessaire, que l'échafaud est utile, que la faim, les supplices, la dévastation équivalent, pour le genre humain, à la saignée hippocratique. Garde-toi d'écouter ces énergumènes ou de croire en ces histrions. Ce qu'ils veulent, ce n'est pas reconquérir des provinces ou faire de la peine à Chamberlain, c'est gagner une bonne place, dîner chez les marquis et décrasser leur cuistrerie originelle dans les meilleures maisons du faubourg Saint-Germain.

Le grand soleil de bonté, de justice et de miséricorde, qui monte à l'horizon des temps futurs, épouvante ces nocturnes oiseaux ; ils tourbillonnent dans les lueurs paisibles du matin, sans trouver où planter leur bec retors et leurs serres impuissantes. Ils cherchent les précipices de ténèbres, et les cavernes, et le ruines, qui les défendent contre la beauté du jour. Qu'ils y rentrent, avec leurs haines caduques, leurs mensonges et leurs crimes ! Toi, camarade, poursuis vers l'aurore ; méprise derrière toi ces fantômes de la nuit.

Conquiers — il est temps — pour tes frères et pour toi un renom de mansuétude. Que le préjugé militaire n'entame point cette armure de douceur qui te préservera de la tache ineffaçable, de la juste réprobation qu'inspire l'homme qui tue aux cœurs droits, aux esprits lucides.

Obéis à la conscription, aux ordres ineptes ou malveillants de tes chefs. Ne te retire pas sur l'Aventin, d'où la maréchaussée aurait bientôt fait de te déloger. Mais ne tue pas, même au prix de ta vie, et refuse sur ton front le stigmate de Caïn.

Alors, par ce fait de ta volonté, par un entêtement généreux à ne pas accepter la loi qui dégrade et endurcit, alors, conscrit, enfant du peuple et digne de tes origines, tu briseras les fers de ta longue servitude, et, soutien de la Révolution en marche, tu seras d'ores et déjà, l'homme des temps nouveaux, l'homme conscient et libre ne relevant plus que de son intelligence et de son cœur.

Laurent Tailhade.

Novembre 1903

André LORULOT

BARBARIE ALLEMANDE ET BARBARIE UNIVERSELLE

— **Le Livre Rouge des Atrocités Mondiales** —

L'ouvrage le plus documenté qui ait été publié sur la matière.

Tous nos lecteurs voudront lire cette œuvre d'impartialité historique.

Les chauvins et les exploiteurs des haines internationales trouveront dans ces pages la plus catégorique réfutation de leurs théories. Il est impossible après avoir lu ce livre de persister à pousser les peuples les uns contre les autres.

Il ne s'agit pas d'une œuvre purement personnelle, basée sur l'imagination. L'ouvrage d'André Lorulot résume plus de cent volumes, il est constitué par un choix éloquent de documents bien présentés et commentés vigoureusement.

BARBARIE ALLEMANDE ET BARBARIE UNIVERSELLE fera la meilleure propagande. Ce livre est une arme efficace contre l'abrutissement, contre l'œuvre de haine. Il faut le faire lire à tous.

Il faut que cet ouvrage soit largement répandu. Il doit pénétrer dans tous les milieux. Faites le lire surtout aux femmes et aux enfants...

Imprimé sur beau papier, bien présenté, ce livre est envoyé contre mandat de 11 fr., adressé à A. Lorulot, à Conflans Honorine, (S. et O.) On peut envoyer aussi par Chèque Postal : A. Lorulot, Bureau de Paris, compte 181-17.

Livre admirablement documenté, courageux, impartial et que nul ne saurait lire sans profit en raison de l'abondance et de la diversité des accusations formulées contre la « tigrerie » de l'homme pour l'homme.

Le Moustique, octobre 1923.

« M. Lorulot mérite d'être loué chaleureusement pour la contribution qu'il apporte à la détente franco-allemande.

« En effet, les patriotes de courte vue qui conduisent la France aux abîmes en se flattant de la sauver, déclarent qu'il est impossible d'admettre dans une Société des Nations un peuple coupable d'aussi monstrueuses atrocités, un peuple de barbares et de « Huns », comme disent les Anglais.

« Or l'auteur de ce livre a parcouru des ouvrages d'Histoire dans lesquels il a noté tous les traits de barbarie imputables aux peuples autres que l'Allemagne. L'ensemble produit le plus effroyable assemblage de monstruosités. Toutes les guerres, tous les changements de régime, toutes les persécutions religieuses, toutes les haines de races, toutes les duretés et les injustices sociales ont fourni des anecdotes qui font dresser les cheveux sur la tête. Pauvre humanité !

« La conclusion à tirer de l'ouvrage, c'est d'abord que, en toute occasion de guerre, chaque peuple, persuadé qu'il a été attaqué et qu'il n'a fait que se défendre, accuse son adversaire d'avoir commis des atrocités. (Vous vous rappelez les atrocités turques, les atrocités bulgares, les atrocités bolcheviques.)

« Or les atrocités étant le fait des guerres, le reproche d'atrocités ne sert qu'à contribuer à créer l'état d'esprit propre à l'engendrement de guerres nouvelles. Persévérer dans ce reproche, c'est transporter dans l'ordre de la haine le raisonnement de Gribouille.

« Quelques lecteurs, je le sais bien, appartiennent à la race qu'on ne saurait jamais persuader. Mais ceux-là du moins trouveront sans doute quelque agrément, sinon quelque profit, à lire le livre de M. Lorulot. Je ne connais pas de spectacle plus digne du „ Grand-Guignol " ou du théâtre des " Deux Masques ", et qui soit mieux propre à donner le cauchemar !

Paul REBOUX

www.ingramcontent.com/pod-product-compliance
Ingram Content Group UK Ltd.
Pitfield, Milton Keynes, MK11 3LW, UK
UKHW021530260726
13993UKWH00004B/1912

9 782329 202525